ÁSGARD
VANAHEIM
MIDGARD
SVARTALFHEIM
YGGDRASIL
ARBRE MONDE

Anne-Claire Bondon & Tristan Gion

IDUNN

Aleph

68 boulevard de l'Hôpital, 75013 Paris
www.aleph-editions.com
aleph_editions

Conception éditoriale : Emmanuelle Lê
Conception graphique : Léa Chevrier
ISBN : 978-2-490435-04-3 | Dépôt légal : mai 2019
Loi n°49-956 du 16 juillet 1949 sur les publications destinées à la jeunesse

Achevé d'imprimer en Belgique en avril 2019 chez Lesaffre, imprimeur labellisé Imprim'Vert sur papier composé de fibres naturelles et renouvelables, recyclables, fabriquées à partir de bois issus de forêts gérées durablement.

MIXTE
Papier issu de sources responsables
FSC® C016457
www.fsc.org

À Emmanuelle, une lumière
très vive dans l'obscurité.
A.-C. B.

Merci à Justine et Jeannine
pour les petites remarques habiles
et aussi pour le thé chaud du matin !
T.G.

Il y a fort longtemps, le ciel abritait un royaume où vivaient les dieux. Ásgard était protégé par une immense forteresse qui s'élevait bien au-delà des nuages. Du sommet de ses plus hautes tours, on apercevait d'autres planètes, lointaines, pareilles à des saphirs suspendus dans la lumière du soir. L'air caressait la peau divine des immortels, et le temps semblait s'écouler à reculons tant les dieux centenaires paraissaient jeunes et agiles.

Seul Bifröst, un arc-en-ciel majestueux, reliait alors Ásgard au monde des hommes, qu'on appelait Midgard. Un monde peuplé de guerriers aventureux qui parcouraient inlassablement les océans sous la protection des dieux.

Quant aux géants, ils se terraient dans le royaume sombre et ténébreux de Jötunheim. C'étaient les pires ennemis des dieux ! La prophétie racontait qu'un jour appelé Ragnarök, les géants viendraient s'emparer d'Ásgard pour plonger l'univers dans le chaos, éliminant à tout jamais la lignée des immortels.

De tous les dieux, Odin était le plus imposant. Dieu de la guerre et de la chasse, on le voyait souvent s'aventurer aux confins des neuf royaumes, porté par Sleipnir, son cheval à huit pattes, capable de courir plus vite que la lumière. Barbe au vent et armé de sa lance Gungnir, Odin défiait les plus terribles dangers pour protéger l'équilibre du monde.

Odin aimait festoyer avec Loki, le dieu de la malice. On pouvait rarement faire confiance à Loki, mais il avait le mérite d'être aussi facétieux que divertissant. Loki redoutait la monotonie plus que la mort, et il aurait inventé n'importe quel tour pour tromper l'ennui. Mais les pitreries de Loki prenaient parfois une vilaine tournure et il valait mieux ne pas en être l'objet... Heureusement, le bon vieux Hœnir, frère d'Odin, était là pour ramener les dieux les plus intrépides dans le droit chemin, lui qui avait offert la raison aux hommes. Hœnir avait de grandes jambes qui lui permettaient de voir bien plus loin que le bout de son nez.

Les dieux étaient souvent mêlés à d'obscures intrigues qui les entraînaient loin des murailles d'Ásgard... Comme ce jour où Odin, Loki et Hœnir s'étaient égarés dans de lointaines et hostiles contrées.

Odin avait proposé à Loki d'aller chasser dans la forêt. Hœnir, voyant se préparer cette périlleuse expédition, s'était joint aux deux compères après avoir longuement hésité. Il avait un mauvais pressentiment, mais ses longues jambes frétillaient malgré tout à l'idée de l'aventure. Et que pouvait-il bien lui arriver en compagnie d'Odin ? La partie de chasse avait à peine débuté qu'Odin aperçut un cerf, très vieux mais puissant et vif, qui trottinait avec arrogance.

— Oh toi ! Tu vas regretter d'avoir croisé le chemin du grand Odin avec tant de désinvolture !

Odin se mit alors en tête d'attraper la bête, mais l'agilité du cerf épata les dieux. D'arbre en arbre, ils redoublèrent d'ingéniosité pour tenter d'approcher le cerf, en vain.

À chaque pas, les trois dieux s'enfonçaient imperceptiblement dans une forêt de ronces où la lumière ne passait plus. Le cerf avait disparu dans l'immensité verte. Un brouillard très épais recouvrait désormais un sol de feuilles mortes.

— Bon sang ! s'exclama Hœnir. Je ne vois plus mes pieds !

— Ta fierté nous perdra, Odin ! pesta Loki. Le cerf nous a semés !

Ils arrivèrent sur une plaine gelée où un ciel très gris déversait sa colère.

— Mais où avons-nous atterri ? s'inquiéta Hœnir. Je ne suis pas du tout habillé pour ce genre d'endroit !

— Ce n'est pas tous les jours qu'on découvre de nouvelles contrées ! rétorqua Odin. Suivez-moi !

Les dieux parcoururent des chemins sinueux; des montagnes de glace perçaient l'horizon comme autant de lames affûtées. Au loin, des éclairs silencieux annonçaient un péril imminent.

— Tout cela ne me dit rien qui vaille, Odin, murmura Loki. L'aventure le ventre vide et les pieds gelés, ça devient vite ennuyeux !

Il n'y avait aucune ressource dans ces montagnes froides et désolées, et nos trois amis furent bientôt affamés. Hœnir eut alors l'idée d'aller vers la vallée qu'il avait aperçue au détour d'un glacier. À coup sûr, l'herbe y serait plus verte et la nourriture abondante !

Après quelques heures de marche, nos pèlerins des cieux tombèrent nez à nez avec un troupeau de bœufs.

— Ah Hœnir ! Tu nous as dégoté un sacré festin !
Odin s'élança sans hésiter et sa lance fendit l'air en direction du plus gros bœuf du troupeau. On fit alors un grand feu pour accueillir ce repas inespéré.

Les minutes passèrent, puis les heures. Le bœuf tournait inlassablement sur sa broche, mais la viande ne cuisait pas.

— Maudit soit ce pays où rien ne cuit ! geignait Loki. Nous n'avons croisé personne : c'est un pays de damnés ! Ou alors de fantômes ? Ce qui est sûr, c'est qu'on ne doit vraiment pas y festoyer souvent !

La colère montait dans le cœur des dieux, lorsque tout à coup une voix descendit du ciel. Ils aperçurent alors un aigle perché sur une branche.

— C'est moi qui, par ma magie, empêche ce bœuf de rôtir. Mais si vous partagez votre repas avec moi, je vous promets de lever le sort.

Tenaillés par la faim, les dieux acceptèrent à contrecœur. L'aigle fondit alors sur le bœuf et en retira les meilleurs morceaux.

— Aigle de malheur ! Comment oses-tu nous voler les meilleures parts !

Loki ne put supporter d'être ainsi floué : il attrapa un énorme bout de bois et le dirigea vers l'oiseau avec rage. Mais l'aigle se saisit du bâton et s'envola avec, emportant Loki suspendu dans les airs. Le dieu, qui n'était pas réputé pour être le plus brave ni le plus courageux, implora l'aigle de le ramener sur la terre ferme. C'est alors qu'il reconnut la voix du géant Thjazi :

— Je ne te ferai aucun mal, Loki, à condition que tu consentes à me livrer la déesse Idunn et ses fruits miraculeux.

Thjazi s'était métamorphosé en aigle pour mieux tromper Loki et lui arracher cette sombre promesse. Loki, qui avait le vertige et ne souhaitait pas rester indéfiniment ballotté à mille mètres d'altitude, conclut le marché sans hésiter.

Idunn était l'une des déesses les plus aimées d'Ásgard. Ses mystérieux fruits permettaient aux dieux de conserver la jeunesse éternelle, repoussant la vieillesse et tous ses maux. Sans Idunn, la lignée des dieux aurait disparu depuis bien longtemps.

Comme les humains leur enviaient la déesse ! Ils récoltaient chaque jour des corbeilles de fruits en l'invoquant. Mais hélas, aucun Viking n'avait jamais réussi à rajeunir en mangeant des pommes.

Lorsque Odin, Loki et Hœnir retrouvèrent enfin Ásgard après leur éprouvant périple, Loki alla immédiatement trouver Idunn. Il utilisa sa ruse légendaire pour l'embobiner.

— Belle Idunn ! J'ai découvert dans une forêt luxuriante des fruits merveilleux qui n'attendent que le souffle d'une déesse comme toi pour révéler leur pouvoir.

— Mon pauvre Loki, rétorqua Idunn d'un air désintéressé, je doute qu'il y ait un seul endroit dans les neuf royaumes où poussent des fruits plus merveilleux que les miens.

— Je t'assure, Idunn. Tu ne seras pas déçue. La forêt est à deux pas, ça ne te coûte rien de venir voir ! Tu rêves depuis des siècles d'un fruit capable de transformer la tristesse en joie. Et je suis sûr d'avoir trouvé ce que tu cherches !

— Bien, soupira Idunn. Mais je viens simplement pour constater qu'un tel fruit n'existe pas.

Ainsi, Idunn finit par suivre Loki hors de l'enceinte céleste.

Loki entraîna la déesse dans la forêt des brumes. L'air glacial dégageait désormais une odeur de soufre ; le sol verglacé rendait chaque pas plus périlleux. Et tandis qu'ils s'approchaient dangereusement de la plaine où les attendait le géant, le doute commença à poindre dans le cœur d'Idunn.

— Est-ce dans cet endroit lugubre que tu prétends avoir vu un fruit renfermant le secret du bonheur ? Cette forêt me déprime, Loki ! Il fait si sombre et si froid, rien de bon ne poussera jamais en ces terres, crois-moi ! Un tel chemin ne peut mener qu'à Jötunheim !

— Patience, belle Idunn, encore quelques pas…

Soudain, alors qu'Idunn sentait le piège de Loki se refermer sur elle, Thjazi, de nouveau métamorphosé en aigle, s'empara de la déesse et l'emporta dans le royaume des géants.

Sa tanière de glace était située sur les cimes de la plus haute montagne de Jötunheim, surplombant de sombres vallées. On ne pouvait y accéder que par les airs : Idunn se retrouva prisonnière d'une immensité de glaces millénaires et de neiges éternelles.

ᚺᛖᛚᚺᛖᛁᛗ

En l'absence d'Idunn, les dieux commencèrent à vieillir : les os se mirent à craquer, les rides à poindre, les visages à se flétrir. Les immortels, soudain affaiblis et inquiets, décidèrent de tenir un conseil exceptionnel pour éclaircir les circonstances de cette étrange disparition. Chacun se souvint avoir vu Idunn pour la dernière fois quittant le royaume d'Ásgard, accompagnée de Loki. On poussa Loki à s'expliquer. Odin, dont les cheveux blanchissaient à vue d'œil, proféra à son encontre les plus terribles menaces.

— Loki ! Par tous les dieux ! Vers quel paradis perdu as-tu emporté Idunn ! Parle ou je te traîne moi-même jusqu'à Helheim, le royaume des morts, où nous finirons tous sans le retour de notre déesse !

L'âme tremblante et honteuse, Loki finit par tout raconter. Alors les dieux décidèrent d'orchestrer le sauvetage d'Idunn. Mais Loki devrait d'abord retourner seul dans le royaume de Jötunheim et délivrer Idunn des griffes du géant.

Freyja s'avança soudain vers Loki. Cette déesse de l'amour était aussi la plus grande magicienne du royaume. Elle tendit à Loki un manteau de plumes : c'était un artefact magique qui permettait à son porteur de se transformer en toutes sortes de créatures. Loki l'enfila et s'envola vers le royaume des géants sous la forme d'un faucon.

— Que la magie de la grande Freyja te protège ! lança Odin en regardant Loki s'éloigner dans les airs.

Lorsque Loki arriva à Jötunheim, Thjazi était parti pêcher et la belle Idunn était seule. La déesse pesta à la vue d'un nouvel oiseau de malheur venu piailler à sa fenêtre.

— Disparais, satané oiseau ! Toi et tous tes amis à plumes qui me narguez dans les airs pendant que je croupis ici ! Ouste !

— Idunn, du calme. C'est moi, Loki ! Je suis venu te délivrer. Ne nous attardons pas trop si tu veux bien…

— Loki ? Cette tête de piaf te va à merveille.

— Épargne-moi tes sarcasmes, Idunn. Le temps presse, partons !

Pour ne pas éveiller les soupçons des géants croisés en chemin, Loki transforma la déesse en une noix qu'il emporta entre ses griffes.

Lorsque Thjazi rentra chez lui et trouva sa tanière vide, il hurla si fort que sa colère fit trembler les neuf royaumes. Il se transforma en aigle et se précipita à la poursuite de Loki. Alors qu'il arrivait bientôt aux portes d'Ásgard, Loki se retourna et vit Thjazi qui le talonnait.

Même les dieux guerriers redoutaient de se battre avec les géants, dont la magie était puissante et la ruse trop imprévisible. Apercevant Thjazi qui fondait dangereusement sur Loki et Idunn, ils empilèrent des montagnes de bois autour de la forteresse pour arrêter le géant.

Loki parvint à se faufiler à travers la barrière de bois avant que les dieux ne l'embrasent pour repousser l'assaut du géant. La demeure céleste fut soudain encerclée par un feu très vif, et Thjazi, qui était lancé à toute allure dans les airs, n'eut pas le temps de freiner sa course. Un cri rauque et puissant retentit dans le ciel, et on ne revit plus jamais la silhouette menaçante de Thjazi survoler les plaines des neuf royaumes...

Mais alors que les dieux triomphants fêtaient déjà leur victoire autour d'un grand banquet, l'écho de la bataille arrivait tout juste aux oreilles de Skadi, la fille de Thjazi. Lorsqu'elle apprit la disparition de son père, la géante éclata de douleur et de rage. Partout dans le royaume de glace, les avalanches tonnaient sur les cimes, les glaciers se craquelaient sous le poids de sa colère. Jötunheim n'était plus que ténèbres. Le soir même, Skadi convoqua une assemblée de géants et les somma de la suivre jusqu'aux portes d'Ásgard.

— Mon père a été piégé par Loki le malicieux alors qu'il tentait de récupérer pour nous le secret de la jeunesse éternelle ! Il mérite vengeance !

— Vengeance ! Vengeance ! chantait le royaume de Jötunheim au son des armes qui s'entrechoquaient et des armures qu'on enfilait pour se préparer à la guerre.

L’armée se déplaçait à pas si lourds qu'on l'entendait jusqu'à Ásgard. Loki alla se réfugier auprès d’Odin et Hœnir.

— Hœnir ! Est-ce Ragnarök ? Allons-nous périr ?

— Mais non, pauvre idiot ! Voilà seulement la conséquence de tes frasques. Skadi est aveuglée par sa colère, il nous faut la ramener à la raison et éviter la guerre à tout prix.

— J’ai quelques idées, dit Odin. Suivez-moi.

Odin enfourcha Sleipnir et attendit Skadi devant les murailles. Lorsque la géante arriva accompagnée de tout son peuple, la voix d’Odin fendit l’air, forte et assurée.

— Skadi, ne te laisse pas aveugler par la peine. Sache que pour compenser ta perte, Loki a généreusement accepté de t’offrir tout son or.

Voyant son magot se dilapider sous ses yeux, Loki s’évanouit dans les bras de Freyja.

— Odin ! rugit Skadi. Je me fiche de tes richesses. Je veux l’éternité pour mon père et pour moi.

— Que dirais-tu d’un époux divin alors ?

Skadi lâcha les armes et marcha jusqu'à Ásgard sous la protection de deux immenses géants. Ce n'était pas tant l'idée de se marier qui motivait Skadi que l'espoir de devenir une déesse. Sa rêverie fut interrompue par la voix d'Odin.

— Ma chère Skadi ! J'ai disposé derrière ce rideau les meilleurs partis de tout le royaume. Les pieds d'un dieu sont le socle de sa force. Ainsi je te propose de choisir ton futur mari à ses pieds !

Skadi se retrouva devant une ribambelle de chevilles poilues et d'orteils déformés. Derrière le rideau, les dieux grognaient d'être ainsi exposés. La géante était depuis l'enfance secrètement amoureuse du beau Balder, dieu de la beauté et de la lumière. Elle pensa alors que la plus belle paire de pieds devait appartenir à Balder.

— Je choisis sans hésiter ces pieds magnifiques ! Lisses, délicats, vigoureux, ils semblent n'avoir jamais été écorchés par la terre rugueuse.

— Et pour cause ! ricana Odin.

Odin écarta le rideau, et le vieux Njörd, dieu de la mer et des vents, s'avança vers Skadi en ouvrant les bras. La déception de la géante était grande, mais le mariage fut tout de même célébré dans l'enceinte céleste.

À peine mariés, Njörd et Skadi se disputèrent au sujet de leur lieu de résidence.

— Njörd ! Je suis une femme des neiges ! s'emporta Skadi. J'ai le mal de mer et j'ai horreur de l'eau et des poissons !

— Je suis frileux et l'altitude me donne le tournis, rétorqua Njörd. Je dois veiller à ce que le vent souffle toujours sur les mers pour pousser les bateaux des hommes aux quatre coins des océans !

Freyja s'interposa avec élégance entre deux railleries.

— L'air de la montagne ne te fera pas de mal, Njörd. Quant à toi Skadi, la mer a des vertus que tu ne soupçonnes pas : elle soignera tes vilaines verrues. Passez donc l'hiver à la montagne et redescendez sur la côte au printemps !

Le vieux Njörd bougonna mais accepta l'idée. Skadi se souvint des histoires que lui contait son père : le fond des océans était plus ténébreux encore que les grottes de Jötunheim. Il faudrait bien qu'elle aille vérifier par elle-même...

Après la fête, Skadi alla trouver Odin qui n'avait pas encore tenu toutes ses promesses.

— Odin, tu m'as offert l'éternité. Mais qu'en est-il de mon père ? Lui que vos flammes ont fait disparaître, comment comptes-tu le rendre éternel ?

— Où voudrais-tu voir ton père, Skadi ? reprit Odin avec une douceur inattendue.

— J'aimerais pouvoir regarder vers le ciel et voir briller ses yeux comme deux étoiles lumineuses dans la nuit noire de l'hiver.

— Très bien, déesse des ténèbres !

Odin lança alors les yeux du défunt Thjazi dans les airs, et deux nouvelles étoiles très vives apparurent sur la toile céleste. Skadi reconnut l'éclat éblouissant du regard de son père, qui veillerait à jamais sur elle...

Il en est ainsi dans le royaume des dieux : la magie apaise les plus terribles rancunes, et les ennemis d'hier viennent peupler le ciel étoilé dans l'immensité blanche du grand Nord.

⟵ ᚠᛁᚾ ⟶

ÁLFHEIM
JÖTUNHEIM
MUSPELLHEIM
NIFLHEIM
HELHEIM